AF313335

**Vente du Jeudi 23 Janvier 1862**

# TABLEAUX

Mᵉ Ch. **PILLET**, Commissaire-Priseur

M. **DHIOS**, Expert

PARIS. IMPRIMERIE DE PILLET FILS AINÉ

5, RUE DES GRANDS-AUGUSTINS.

# CATALOGUE.

D'UNE RÉUNION DE

# TABLEAUX

## ANCIENS DES DIVERSES ÉCOLES

QUELQUES GRANDS

## TABLEAUX DÉCORATIFS

De l'École française et flamande

DONT LA VENTE AURA LIEU

HOTEL DES COMMISSAIRES-PRISEURS, RUE DROUOT, 5

SALLE Nº 1

## Le Jeudi 23 Janvier 1862

A UNE HEURE PRÉCISE 

---

Par le ministère de Mᵉ **CHARLES PILLET**, Commissaire-Priseur,
rue de Choiseul, 11,

Assisté de M. **DHIOS**, Expert, rue Le Peletier, 33

*Chez lesquels se distribue le présent Catalogue.*

---

### EXPOSITION PUBLIQUE

*Le Mercredi 23 Javier 1862, de midi à cinq heures*

Paris. Imprimerie de PILLET FILS AÎNÉ, 5, rue des Grands-Augustins.

# DÉSIGNATION

# DES OBJETS

### ALBANE.

1 — La Vierge et l'Enfant Jésus.

### BALEN (Van).

2 — Le Jugement de Pâris.

### BAKHUISEN. (Signé. 1706.)

3 — Jésus et la Samaritaine.

### BASSAN (école du).

4 — Le Repas rustique.

### BERESTRAATEN.

5 — Vue de Hollande. (Effet d'hiver.)

## BERGEN (Van).

8 ″ 6 — Vache et deux moutons.

## BIDAULD.

20 ″ 7 — Paysage marine, animé de figures.

## BOILLY.

6 ″ 8 — Officier du directoire en bonne fortune. (Beau dessin.)

## BOUCHER en Italie.

101 ″ 9 — La Vénus aux colombes.

## BOUCHER (attribué à).

31 ″ 10 — Sujet pastoral.

## BOURDON (Sébastien).

33 ″ 11 — Sainte Famille.

## BOURGUIGNON.

60 ″ 12 — Combat de cavalerie. (Deux pendants.)

## DU MÊME.

16 ″ 13 — Attaque d'une place forte.

## BOUT et BOUDEWINS.

29 ″ 14 — La Fête du mai.

#### BOUT et BOUDEWINS.

15 — Paysage avec personnages et animaux.

#### BREUGHEL.

16 — Patineurs sur un canal glacé.

#### BREUGHEL (le vieux).

17 — Combat du Gras et du Maigre.

#### BREYDEL (chevalier).

18 — Un Combat de cavaliers.

#### BRILL (genre de).

19 — Paysage.

#### BRUANDET (attribué à).

20 — Paysage animé de figures.

#### BURCH (H. Van der).

21 — Port de mer.

#### CASANOVA.

22 — Un hussard à cheval.

#### CHARDIN. (Signé.)

23 — Un jeune garçon lisant.

CHARDIN (genre de).

21 _ " 24 — Nature morte. (Deux pendants.)

CHARDIN (attribué à).

7 50 25 — Un vase, un pot et une écuelle.

COYPEL (Antoine).

3 " 26 — Flore et Zéphire.

COYPEL (genre de).

13 " 27 — Sujet historique.

CRÉPIN.

2 " 28 — Paysage. Effet d'hiver.

CRESPI.

4 " 29 — Saint Ambroise.

CUYLEMBURG.

50 " 30 — Satyres, Nymphe et Amours.

DAVID (école de).

44 " 31 — Scène historique.

## DE LA FOSSE (CHARLES).

32 — Un concert.

> Des personnages de grandeur naturelle ornent cette agréable composition; l'exécution en est facile et spirituelle; la couleur rappelle les maîtres vénitiens que cet artiste étudia longtemps à Venise.
>
> Ce tableau, de grande dimension, figurerait avec honneur comme panneau décoratif dans le salon d'une riche résidence.

## DEVÉRIA (GIRAUD).

33 — Route de Gap.

## DIETRICH.

34 — Portrait d'homme à barbe, vêtu à l'orientale.

## DROLLING.

35 — Jeune fille endormie.

## DYCK (école de Van).

36 — Saint François soutenu par deux anges.

## DYCK (école de Van).

37 — Le Christ descendu de la croix.

## FICTOOR.

38 — Scène villageoise.

**FRANCK.**

39 — L'Adoration des rois mages.

**DU MÊME.**

40 — La Tour de Babel.

**DU MÊME.**

41 — La Sainte Famille.

**FRAGONARD** (école de).

42 — Paysage animé de figures.

**FYT.**

43 — Lièvre, gibier et ustensiles de chasseur.

**FYT** (genre de).

44 — Gibier mort.

**GAUFFIER.**

45 — Le Temps emporte la Beauté dans son char. Composition allégorique.

**HALLÉ.**

46 — La Vierge allaitant l'Enfant Jésus.

### HENDRIK. (1790.)

47 — Réunion d'une société d'artistes et d'amateurs à Haar-
lem.

### HEMSBERCK.

48 — L'Arracheur de dents.

### HERMAN d'Italie.

49 — Paysage animé de figures.

### HUBERT ROBERT.

50 — Paysage avec architecture et figures.

### HUET (J. B.).

51 — Petit paysage avec bergers.

### JEAURAT. (Signé.)

52 — Le Génie de l'étude.

### JOLIVARD.

53 — Intérieur de remise. (Étude.)

### LAGRENÉE jeune.

54 — La Sagesse inspirant les Beaux-Arts.

Au-dessus du groupe principal plane un Génie qui ré-
pand des fleurs.

Cette gracieuse composition provient des Menus-Plai-
sirs; elle a été exécutée en tapisserie des Gobelins.

### LAGRENÉE.

55 — Le Sommeil de l'Amour.

Charmante composition d'une jolie couleur.

### LANTARA.

56 — Les Quatre éléments. *(Quatre tableaux dans le même cadre.)*

### LAIRESSE (G.).

57 — Compositions mythologiques. (Deux pendants.)

### LAGNY.

58 — Scène d'intérieur.

### LAURY (Ph.).

59 — L'Éducation de Pan.

### LEBRUN (attribué à).

60 — Les Œuvres de miséricorde.

### LEBRUN (madame).

61 — Le Comte d'Entragues. (Dessin rehaussé de blanc.)

### LESUEUR (attribué à).

62 — Saint Bruno.

### LOO (Van).

63 — Portrait de femme avec deux enfants. (Allégorie.)

MALBRANCHE (d'après).

64 — Effet d'hiver.

MARATTE (Carle).

65 — La Nativité.

MARIO DI FIORI.

66 — Vase de fleurs.

MEULEN (van der).

67 — Choc de cavalerie.

MONPER.

68 — Paysage avec muletier.

NÉEFS (Peeters).

69 — Intérieur d'église, orné de jolies figures.

NÉEFS (attribué à Vander)

70 — Vue de Hollande, clair de lune.

OSTADE (Isaac).

71 — Scène de village.

DU MÊME.

72 — L'Abreuvoir.

### OTTO-VÉNINS.

82 " 73 — La Vierge et l'Enfant Jésus.

### OUDRY (genre de).

10 " 74 — Volaille et et gibier.

### PASCALIS GIGNOUX (1775).

160 " 75 — Paysages ornés de jolies figures. (Deux pendants.)

### PILLEMENT.

60 " 76 — Paysage avec bergers.

### POELEMBURG.

40 " 77 — Baigneuses.

### POEL (Van der).

78 — L'Apparition aux bergers.

### DU MÊME.

— La Fuite en Égypte.

70 "

### RAPHAEL (d'après).

80 — La Vierge et l'Enfant Jésus.
Bonne reproduction de l'époque.

### DU MÊME.

102 " 81 — La Vierge et l'Enfant Jésus.

### RIBÉRA.

36 ʺ 82 — Très-belle tête d'étude de saint Pierre en méditation. *Lachaise*

### ROQUEPLAN.

32 ʺ 83 — Paysage. — Effet de soleil levant. +   *Lefévre*

### RUBENS (école de).

140 ʺ 84 — La Mise au tombeau.   *Degrand*

### DU MÊME.

31 ʺ 85 — Quatre études de portraits dans un même cadre.   *Tétart*

### RUYSDAEL (J.).

31 ʺ 86 — Paysage.   *Lefévre*

### RUYSDAEL (attribué à).

50 ʺ 87 — Paysage avec cavalier.   *Carrard*

### SARTE (André del. attribué à).

23 ʺ 88 — La Vierge, Jésus et saint Jean. (Esquisse.)   *gase*

### SCHOVAERTS.

13 ʺ 89 — Marché aux poissons.   *pétillart*

### STELLA.

7 ʺ 90 — Figure allégorique de l'Histoire   *puios*

### SUTTER.

91 — Vue d'un village et extérieur de ferme. (Deux pendants.)

### SWAGERS.

92 — Paysage animé de figures.

### DU MÊME.

93 — Paysage animé de figures. (Pendant du précédent.)

### TAUNAY (attribué à).

94 — Paysage animé de figures.

### TÉNIERS (D.).

95 — Paysage animé de figures.

### VALLAYER-COSTER (madame) (Signé et daté).

96 — Beau bouquet de diverses fleurs.

### VERBOOM.

97 — Paysage avec grands arbres et chaumières.

### VAN DE VELDE (genre de).

98 — Paysage avec animaux.

## VERMEULEN.

99 — Quatre grands paysages pouvant servir de panneaux de décoration pour de grands salons.

## VERNET (J. Signé et daté 1776).

100 — Paysage marine. — Les Baigneuses.

## VERNET (attribué à HORACE).

101 — La Redoute. (Esquisse.)

## VENNE (ADRIEN Van der).

102 — Le Marchand de mort aux rats.

## VLIEGER (SIMON DE).

103 — Marine.

## WEENIX.

104 — Paysage avec débris d'architecture.

## WERF (Van der).

105 — Pastorale.

## ÉCOLE FRANÇAISE.

106 — Scène de la vie de l'Enfant prodigue.

107 — Portrait d'une grande dame de la cour du Régent.

108 — Saint François de Sales.

### ÉCOLE FRANÇAISE.

109 — Vénus et Adonis, Diane et Endymion. (Deux pendants.)

110 — Portrait d'un magistrat.

111 — Paysage historique.

112 — Deux jolies gouaches représentant des baigneuses.

113 — Huit gravures encadrées d'après les maîtres français.

### ÉCOLE HOLLANDAISE. (Signé Nymuel, 1658.)

114 — Famille représentée au milieu d'un paysage.

115 — Vue d'un parc orné de figures.

### ÉCOLE FLAMANDE.

116 — Le Calvaire avec les saintes femmes au pied de la croix.

117 — Le Christ montré au peuple. (Pendant du précédent).

118 — Le Christ couronné d'épines.

119 — Portrait d'homme à collerette.

### ÉCOLE FLAMANDE (ancienne).

120 — Saint Jérôme.

### ÉCOLE ALLEMANDE.

121 — Les Fiançailles antiques. (Composition allégorique.)

122 — Allégorie mythologique.

### ÉCOLE ITALIENNE.

123 — Assomption de la sainte Vierge.

124 — Allégorie. (Esquisse.)

### ÉCOLE VÉNITIENNE.

125 — Portrait d'un cardinal. (Peinture magistrale.)

126 — Le Jugement de Midas.

### ÉCOLE ESPAGNOLE.

127 — Saint Jérôme.

### ÉCOLE MODERNE.

128 — Deux bœufs dans un pâturage.

129 — La Confession.

130 — Étude de femme nue.

131 — L'Homme entre deux âges.

132 — Intérieur de cuisine.

133 — Intérieur d'une cour.

ÉCOLE MODERNE. (Signé LUCIEN, 1858.)

134 — Une religieuse.

ÉCOLE MODERNE. (Signé D  P.)

135 — Paysage.

INCONNU.

136 — Tête de vieillard.

137 — Cadres divers, dont quelques-uns en bois sculpté.

Mr Marins Crest
58 f 20

| X | Grand tableau italien | 26 | " |
| X | Tableau Signé Legrand | 14 | " |
| X | d° Marchand de poissons | 7 | 50 |
| X | Marine | 17 | " |
| X | L'ange et Tobie | 3 | 50 |
| X | Sept bordures | 2 | " |
| X | 4 autres | 8 | " |
| X | 3 autres | 6 | 50 |
| X | 3 autres | 4 | " |
| X | 2 autres | 6 | " |
| X | 2 autres | 4 | " |
| X | 2 autres | 6 | 50 |
| X | 2 autres | 10 | " |
| X | 4 autres | 7 | 50 |
| X | 2 autres | 11 | 50 |
| X | 2 autres | 19 | " |

82 00

9 782329 583822